AF326214

Vente du Jeudi 28 Décembre 1882

HOTEL DROUOT, SALLE N° 9

DESSINS

ANCIENS ET MODERNES

LIVRES, MONNAIES, MÉDAILLES

Mᵉ **DELESTRE**, commissaire - priseur,

27, rue Drouot,

Assisté de **M. Ch. GEORGE**, expert,

12, rue Laffitte.

EXPOSITION

Le Mercredi 27 Décembre 1882

de 1 heure à 5 heures.

HONO
IMPRIMERIE DE L'ART

VENTE

AUX ENCHÈRES PUBLIQUES

DE

DESSINS

ANCIENS ET MODERNES

Croquis par A. WATTEAU

Huit très beaux Dessins, par Ch. LEBRUN

REPRÉSENTANT LES

Façades des Pavillons du Château de Marly

LIVRES, MONNAIES, MÉDAILLES

DONT LA VENTE AURA LIEU

HOTEL DROUOT, SALLE N° 9

Le Jeudi 28 Décembre 1882, à 1 h. 1/2

—oo{o}oo—

COMMISSAIRE-PRISEUR	EXPERT
Mᵉ DELESTRE	**M. Ch. GEORGE**
27, rue Drouot.	12, rue Laffitte.

—oo{o}oo—

EXPOSITION PUBLIQUE

Le Mercredi 27 Décembre 1882

de une heure à cinq heures.

CONDITIONS DE LA VENTE

Elle sera faite au comptant.

Les Acquéreurs paieront CINQ POUR CENT en sus des enchères.

L'exposition mettant le public à même de se rendre compte de l'état des objets, il ne sera admis aucune réclamation une fois l'adjudication prononcée.

PARIS. — IMPRIMERIE DE L'ART, J. ROUAM, 41, RUE DE LA VICTOIRE.

DÉSIGNATION

1 — **Albane.** *La Toilette de Vénus.* — Sépia rehaussée de blanc.

2 — **Aliense (L'), Procaccini,** etc. — Six dessins, plume, lavis et sanguine.

3 — **Altdorfer.** *Figures.* — Sanguine.

4 — **A. W.** (Initiales). *Deux paysages.* — Plume et encre de Chine.

5 — **Barbier (Le)** l'ainé. *La Récréation dans le parc.* — Plume et lavis d'encre de Chine.

6 — **Bellangé (J.), J. B. Huet,** etc. — Trois dessins, crayon rouge, encre et plume.

7 — **Bellangé (H.).** *La Bataille de Fleurus.* — Mine de plomb, dessin du tableau de la galerie de Versailles.

8 — **Bergen (D. van).** *Halte d'une caravane.* — Encre de Chine. Signé et daté.

9 — **Bibbiena.** — Deux dessins d'architecture.

10 — **Bloemaert.** *Le Frappement du rocher.* — Plume. — **Vander Kabel.** Deux croquis au crayon et *Villageois,* sépia.

11 — **Boissieu (de).** *Paysage.* — Encre de Chine.

12 — **Boissieu (de).** *Paysage* et *Mendiant.* — Deux dessins à l'encre de Chine.

13 — **Bol (F.)**, etc. — Quatre dessins, plume et sépia.

14 — **Both, Langendyck, Bega,** etc. — Cinq dessins, plume et lavis.

15 — **Both (Jan).** *Paysage, avec figures et animaux.* — Vente Mahérault.

16 — **Boucher (F.).** *Buste de jeune fille.* — Dessin aux trois crayons.

17 — **Bourdon (Sébastien).** *Sujet de l'Histoire sainte.* — Plume et lavis.

18 — **Bril (Paul).** *Paysage, avec figures et animaux.* — Plume et lavis de bistre.

19 — **Campi, Maturino,** etc. *Figures et ornements.* — Six dessins, plume, sépia et sanguine.

20 — **Caravage (Polydore de).** *Guerriers romains.* — Sépia rehaussée de blanc.

21 — **Carmontelle?** *Deux portraits.* — Crayon et pastel.

22 — **Carrache, Cornelis,** etc. — Six dessins, plume et sanguine.

23 — **Cham.** — Soixante dessins, croquis, caricatures, seront divisés sous ce numéro.

24 — **Courteys.** *Portrait de Marie-Antoinette, archiduchesse d'Autriche, dans un encadrement de fleurs.* — Plume et lavis.

25 — **Cuyp (Albert).** *Le Vieux Port à Dordrecht.* — Plume et lavis de bistre.

26 — **Denner (Balthazar).** *Portrait d'homme.* — Collection de Jules Dupan, de Genève.

27 — **Diaz (N.).** *Paysage.* — Vente de l'artiste.

28 — **Dietrich, Breughel, Van der Venne,** etc. — Six dessins, plume et lavis.

29 — **Dietricy (W.).** *Paysage à la plume.* — Signé et daté 1740.

30 — **Doës (S. v. der).** *Paysage, avec figures et animaux.* — Signé du monogramme.

31 — **Dürer (Albert).** *Saint Sébastien.* — A la plume, sur papier préparé. (Collection J. Gigoux.)

32 — **Dürer (A.).** *Tête d'homme.* — Monogramme. Sanguine.

33 — **Dusart, Franck,** etc. — Quatre dessins, sépia, encre et plume.

34 — **Dusart (Corneille).** *Le Financier.* — Lavis d'encre de Chine.

35. — **Dyck** (attribué à **Van**). *Tête.* — Étude au crayon.

36 — **Eeckhout (G. van den).** *Trois figures.* — Plume et lavis.

37 — **Falens (Carl van).** *Halte de chasse.* — Plume et lavis d'encre de Chine.

38 — **Flamen (Albert), J. van Liender, Lagrénée,** etc. — Quatre dessins, crayons, plume et lavis.

39 — **Géricault (Th.).** *Portrait d'un militaire.* — A plusieurs crayons.

40 — **Géricault (Th.).** *Cheval de trait.* — Signé du monogramme et daté 1822.

41 — **Géricault (Th.).** *Cheval de trait.* — Signé du monogramme et daté 1823.

42 — **Goltzius (Hendrik).** *Portrait d'Ambroise Spinola, avec les insignes de la Toison d'Or.* — Collection N. Hoym et Ch. Gasc.

43 — **Goyen (J. van).** *Paysage avec figure.* — Signé. Pierre noire et léger lavis d'encre de Chine.

44 — **Greuze (J. B.).** *Amours montrant à deux jeunes gens l'image de la vieillesse.* — Encre de Chine.

45 — **Greuze.** *Jeune fille effrayée.* — Crayon noir.

46 — **Guardi.** *Paysage avec figures.* — Plume et lavis.

47 — **Hals (Franz).** *Jeune homme souriant.* — A la pierre noire.

48 — **Herreyns (G.).** *Composition allégorique.* — Signé et daté 1772

49 — **Heyden** (Attribué à **V.**). *Vue de ville.* — Aquarelle.

50 — **Himpel (T.).** *Paysage avec figures.* — A la plume et au lavis. Signé au verso.

51 — **Himpel (T.).** — Le pendant.

52 — **Hirschvogel (A.).** *Un Ermite.* — Plume.

53 — **Hobbema (M.).** *Paysage avec figures.* — Pierre noire et lavis avec rehauts de blanc. (Collection de Jules Dupan.)

54 — **Hobbema** (genre de). *Forêt.* — Lavis.

55 — **Hobbema? Flamen, P. Bril, A. Van Borsum.** — Quatre dessins, plume et lavis.

56 — **Holbein (Hanz).** — Composition pour un vitrail.

57 — **Huet (J. B.).** *Le Colin-Maillard.* — Plume et lavis.

58 — **Hulswit (J.).** *Paysage hollandais.* — Charmante aquarelle signée au verso.

59 — **Huysum (J. Van).** *Bouquet de fleurs dans un vase.* — Sanguine.

60 — **Israël, Kelder, etc.** — Quatre dessins, sépia et plume.

61 — **Jardin (Karel du).** *Paysage avec figures.* — Plume et lavis.

62 — **Jordaens.** — Étude au crayon.

63 — **Klose (J. Bartolome).** *Apothéose d'un cardinal.* — Plume et sépia. — École italienne, motif de plafond, encre de Chine.

64 — **Kobell (Hendrik).** — Dessin à la plume, lavé de bistre, signé du monogramme et daté 1772.

65 — **Kobell (Hendrik).** — Le pendant.

66 — **Lafage, Coypel,** etc. — Quatre dessins, plume, lavis et crayon.

67 — **Lantara.** *Deux paysages.* — Crayon noir et blanc

68 — **De Larüe.** *Combat.* — Plume et encre de Chine.

69 — **De Larüe.** — Le pendant.

70 — **De Larüe.** *Jeux des Amours.* — Trois dessins, plume et sépia.

71 — **De Larüe.** *Jeux d'enfants.* — Sépia.

72 à 79 — **Lebrun (Charles).** — Intéressante suite de huit très beaux dessins à la plume, lavés d'encre de Chine, représentant les *Façades des pavillons du château de Marly.*

Au bas de deux de ces dessins se trouve la note suivante, de la main de Colbert et accompagnée de sa signature :

« *Résolu, ce 21ᵐᵉ mars 1683, Colbert.* »

Ce sont donc les projets qui furent approuvés et mis à exécution (voir les vues du château gravées par Aveline, Rigaud, et divers plans à l'aquarelle conservés à la Bibliothèque.)

Le Louvre possède quatre dessins de la même

suite, dont l'un est la répétition du n° 74 de la présente notice. Ils sont décrits sous les n°ˢ 1865, 66, 67, et 68, de la *Notice supplémentaire des dessins du Musée national du Louvre*, par le vicomte Both de Tauzia, conservateur des peintures, des dessins et de la chalcographie.

80 — **Le Brun, Delaville,** etc. — Quatre dessins.

81 — **Lelu (P.).** *Fontaine.* — Plume et crayon rouge.

82 — **Lenain, Courtois.** — Deux dessins, crayon rouge et plume.

83 — **Leoni (Ottavio).** *Portrait d'homme.*

84 - **Le Prince (J. B.).** *Paysage avec figures.* — Plume et lavis.

85 — **Le Sueur (E.).** *Épisode de la vie de saint Bruno.*

86 — **Loo (C. van).** *Portrait d'homme.* — Plume et lavis d'encre de Chine.

87 — **Locatelli.** *Vue de la place de Turin.* — Plume et encre de Chine.

88 — **Lorrain (Claude).** *Paysage.* — Plume et lavis de bistre avec rehauts de blanc. (Collections Desperet et Ch. Timbal.

89 — **Meer de Jonghe (J. V. der).** *Paysage avec figures et animaux.* — Signé et daté. Pierre noire et lavis.

90 — **Milé, Van Dyck?** et **S. Ruysdael.** — Trois dessins, crayon et plume.

91 — **Jean Miel,** et un dessin d'après Wouwerman.

92 — **Molyn (Pierre).** *Paysage.* — Pierre noire et lavis. Signé

93 — **Monnier (Henri).** *Le Théâtre du Luxembourg (Bobino).* — Aquarelle.

94 — **Monnier (Henri).** *La Promenade.* —Aquarelle.

95 — **Monnier (Henri).** *Le Coiffeur d'Henri Monnier.* — Aquarelle.

96 — **Moreau (L.).** *Deux paysages.* — Aquarelles.

97 — **Mytens, Elzheimer.** — Trois dessins.

98 — **Nattier (Jean-Marc).** *Le Vidame de Vassé.* — Portrait à la sanguine.

99 — **Nattier (Jean-Marc).** *M. Barbau.* — Portrait à la sanguine. Les inscriptions sont de la main du maître.

100 — **Ostade (A. van).** *Un Intérieur d'alchimiste.* — Plume et lavis.

101 — **Ostade (J.).** *Paysage*, avec lavis d'aquarelle. (Collection Gasc.)

102 — **Ostade** et **Teniers** (d'après). — Deux dessins, crayons et encre de Chine.

103 — **Palmerius.** *Maréchal-ferrant.* — Plume et sépia.

104 — **Palmieri.** *Étude pour la Mort de Turenne.* — Plume.

105 — **Perino del Vaga, Tempesta,** etc. — Sept dessins, plume, encre et sanguine.

106 — **Peyrol-Bonheur.** *Tête de mouton.* — Crayon noir, rehaussé de blanc.

107 — **Pierre.** — Quatre beaux dessins, plume et sépia.

108 — **Piranesi, Oppenort,** etc. — Cinq dessins, architecture et figures. — Plume et lavis.

109 — **Piranesi.** *Vue d'une place d'Italie.* — Crayon rouge.

110 — **Piranesi.** *Architecture.* — Plume et lavis.

111 — **Piranesi.** *Architecture.* — Plume et lavis.

112 — **Primatice (Le).** *La Vierge, l'Enfant Jésus et Saint Jean.* — Plume.

113 — **Van Reiter et Molyn.** *Deux paysages.* — Encre de Chine et sépia.

114 — **Rembrandt?** *Portrait d'homme.* — Crayon noir et sanguine.

115 — **Restout.** *Adoration.* — Sanguine. — **Deshayes.** *Putiphar.* — Sépia rehaussée.

116 — **Romain (Jules).** *Bataille de Zama.* — Plume.

117 — **Saftleven (H.).** *Paysage-Marine.* — Pierre noire et lavis de bistre.

118 — **Saftleven (H.).** — Le pendant.

119 — **Saint-Aubin (A. de).** *Vingt études de têtes.* — Mine de plomb.

120 — **Saint-Jean.** *Fleurs.* — Aquarelles, dessins, gouaches.

121 — **Solimène** et **Carlo Maratti.** — Deux dessins, crayon rouge.

122 — **Swanevelt (Hermann).** *Paysage.* — Plume et lavis d'encre de Chine.

123 — **Swebach.** *Le Marché aux chevaux à Pétersbourg.* — Mine de plomb.

124 — **Tiepolo (J. B.).** *L'Adoration des Mages.* — Plume et lavis de bistre.

125 — **Dom. Tiepolo, P. Testa** et **Luca Cambiaso.** — Quatre dessins, plume et lavis.

126 — **Trémollière (Ch.).** — Composition pour panneau décoratif.

127 — **Trémollière (Ch.).** — Composition pour panneau décoratif.

128 — **Velde (Guillaume van de).** *Marine.* — Pierre noire et lavis d'encre de Chine.

129 — **Van den Velde.** *Marine,* et deux dessins à la plume.

130 — **Vermont (Colin de).** *Scène biblique.* — Plume et encre de Chine.

131 — **L. Giordano, P. Véronèse.** — Six dessins.

132 — **Vinkeles (Renier.).** *Scène de théâtre au* XVIIIe *siècle.* — Signée au verso.

133 — **Volterre (Daniel de).** *Tête du Laocoon.* — Étude à la plume.

134 — **Watteau (A.)** *Femme agenouillée.* Vue de dos. Au-dessous : Deux chiens. — Sanguine. Collection Palla. (Collection Maherault.)

135 — **Watteau (A.).** *Valet debout tenant une bouteille.* — Sanguine. (Collection Palla. Vente Sensier, 1877.)

136 — **Watteau (A.).** — Deux figures à la pierre noire.

137 — **Watteau, Michel Corneille, Gambard.** — Trois dessins et une gravure de Parrocel.

138 — **Westenberg (P. G.).** *Paysage.* — A la pierre noire et au lavis d'encre de Chine. Signé au verso.

139 — **École française.** Scènes champêtres. — Deux aquarelles.

140 — **École française; Watteau?, Cochin, etc.** — Sept dessins, crayon, sépia, plume rehaussée d'aquarelle.

141 — **École de Fontainebleau.** *Le Repas des Dieux.* — Plume.

142 — **École allemande.** — Deux dessins à la plume.

143 — **École italienne : Cantarini, Guido Reni,** etc. — Onze dessins, plume et lavis.

144 — **École romaine.** XVI° siècle. *Attributs guerriers.* — Plume.

145 — Plusieurs aquarelles, dessins, etc. Fleurs.

146 — Environ 50 dessins, architecture, ornements, figures, seront vendus en plusieurs lots sous ce numéro.

147 — Quinze dessins sous ce numéro.

148 — Sept dessins, paysages français et hollandais, crayons et sépia.

149 — Sept dessins divers.

LIVRES

150 — **La Fontaine.**— Trois volumes des *Fables.* Figures gravées par Fessard. Paris, 1765, chez l'auteur.

151 — **Corneille.** — *Théâtre.* Six volumes, illustrés par Gravelot, 1764.

152 — **Royaumont.** — *La Bible,* Saint-Brieuc, 1802.

153 — **Louvet de Couvray.**— *Les Aventures du chevalier de Faublas.* Paris, 1842.

154 — Sous ce numéro plusieurs ouvrages : *Jérôme Paturot, les Abus de Paris,* etc.

155 — Carton de gravures modernes.

156 — **Philippe.** — *Le Spectacle de l'Histoire romaine,* gravé par Tardieu, d'après Saint-Aubin, Eisen, Gravelot et autres. Paris, 1776.

157 — **Ponce.** -- *Les Illustres Français*. Dessins de Marillier.

158 — *Histoire de Geneviève de Brabant*. Gravures par Ch. Johannot.

159 — **Béranger.** — *Œuvres complètes.* 3 volumes illustrés par Grandville et Raffet. 1837.

160 — **Gessner.** — *Œuvres complètes,* gravures de Giraud l'aîné. 3 volumes. Paris, 1797.

161 — **Edgar Quinet.** — *La Révolution.* 2 volumes.

162 — **Louis Desnoyers.** — *Les Femmes.* 3 volumes.

163 — **Sterne.** — *Œuvres complètes.*

164 — Sous ce numéro divers ouvrages.

165 — Carton de gravures, *Fables de La Fontaine,* d'après Oudry.

MONNAIES

ROMAINES

Aux effigies de Néron, Agrippa, Gordien, Posthume, Balbin, Gallien, Philippe, Tetricus, Satanine, Claude, Victorin, Constantin, etc.

FRANÇAISES ET ÉTRANGÈRES

(ARGENT ET CUIVRE)

Des règnes de Charlemagne, Charles le Chauve, Charles le Gros, Philippe le Long, Louis X, Charles le Bel, Charles VII, Charles-Quint, Henri II, Charles IX,

Henri III, Philippe II, Philippe IV, Henri IV, Louis XIII, etc.

Sceaux de Hugues Ier et de Louis le Débonnaire.

Environ cent médailles en bronzes.

Jetons, essais de modules

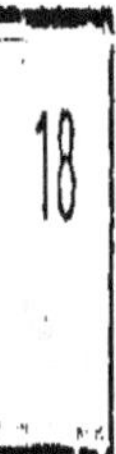

MIRE ISO N° 1
NF Z 43-007
AFNOR
Cedex 7 - 92080 PARIS-LA-DÉFENSE

graphicom

BIBLIOTHEQUE

NATIONALE

DE FRANCE

****

CHATEAU

DE

SABLE

1996